VOILÀ
C'EST MOI:
C'EST RIEN
J'ANGOISSE

Les Editions Triptyque
C.P. 670, succ. N
Montréal, Québec
H2X 3N4

La production de ce livre a été rendue possible grâce à des sub-
ventions du Conseil des Arts du Canada et du ministère des Af-
faires culturelles du Québec.

Révision: Nicole Décarie
Composition et montage: Ginette Nault et Raymond Martin
Maquette de la couverture: Raymond Martin
Impression: Daniel Beaucaire

Dépôt légal: BNQ et BNC, 3e trimestre 1987

ISBN 2-89031-054-X

Imprimé au Canada

Anne Dandurand

VOILÀ
C'EST MOI:
C'EST RIEN
J'ANGOISSE

(Journal imaginaire)

Triptyque

Je dédie tout ceci à:

Jacques H., Jean-Pierre B., Michel B., Roger J., Michel L., Pierre F., Alain G., un autre Michel L., Bruno H., Denis B., Bernard P., Léo K., Jean-François S., François V., Roger O., un autre Michel B., Marc-André F., Jacques D., et Roger C.,

et ainsi, bien sûr, à

Claire, Gracia, Johanne et Julie.

«POUR QUE LES DIEUX S'AMUSENT BEAU-
COUP, IL IMPORTE QUE LEUR VICTIME TOM-
BE DE HAUT» (Jean Cocteau)

Merde, depuis toujours les mêmes harpes, la même béatitude... C'est trop assommant, je n'en peux
plus je descends.

Le gel pétrifie Montréal en ce jeudi soir. Je choisis: à ma gauche, une écrivaine paraplégique névrosée
et narcomane; à ma droite un chanteur étranger,
alcoolique et suicidaire. Tout les éloigne: leur âge,
leur mobilité, leur renommée, leurs délires. J'adore
les difficultés. Elle se dit qu'elle verra non sans in-
quiétude les prochains remous de son coeur, lui la
célébrité a enfoui depuis longtemps la vérité de son
âme. Vous me reprocherez de ne sélectionner que des
artistes, je vous réponds qu'en bons professionnels de
la passion, ils me distraient davantage. C'est si simple: même s'il est tard, l'écrivaine, harassée par ses
personnages de papier, se poussera dehors en chaise
roulante, et, après son spectacle, le chanteur ivre
d'ovations et d'alcools chûtera sur la glace devant
elle.

Lui et elle s'aimeront, se déchireront, se décevront
horriblement. A crever de rire.

Je ne comprends pas que l'on m'ait toujours re-
présenté en angelot, plutôt qu'en chacal, ou en vau-

tour. Mais que voulez-vous: quand on ne peut pas mourir, on s'ennuie cruellement.

*

LA FLEUR FÉROCE

J'ai trop appelé ma mort au secours, elle s'est installée à demeure, en moi.

Je croyais à une dépression, une fatigue sans fond et je découvris la fleur.

Mes problèmes avec l'amour allèrent s'asseoir dans le fond de la pièce, comme des enfants turbulents qu'on punit. La vie, ce qui m'en restait, ne toléra plus que je m'attarde à ces fariboles. L'isolation dont je souffrais devint réelle: d'un bord, ceux qui mourront plus tard et de l'autre, moi, qui crève un peu plus à chaque heure.

Le malheur s'était enfin cristallisé dans cette fleur féroce dévorant mes organes. L'adversaire dormait avec moi, plus près que n'importe quel amant, je ne pouvais rêver mieux.

On m'opéra tout de suite à l'Hôpital de la Reine. Un poumon et quart. En m'éveillant, avant la douleur, j'ai senti ce vide entre mes côtes.

Dans ma salle, elles ont toutes la fleur. On se montre nos sutures, une au-dessus de l'oeil, une le ventre, une le deuxième sein. On trouve le moyen de faire des farces. La Pirate, la Pécheresse et l'Amazone. Moi je leur raconte l'histoire d'une cicatrice qu'on a tatouée, un serpent à plumes, qui donne un vague sentiment d'éternité. Certaines ont des enfants, moi que mes mots.

Ma mère est venue me voir après sa classe, les yeux inquiets comme le lendemain matin de ma tentative de suicide, à seize ans. Il y a maintenant quatorze ans de cela, mais cette fois, les pillules me sauveront peut-être.

Mon docteur me dit que je ne combats pas. Il a raison. Je ne suis même pas en colère: j'ai eu si souvent le goût de la fleur que je la mérite bien. Et je souffrais déjà tant avant, là au moins, la Pologne, l'Afrique du Sud et l'Amérique du même nom se développent en moi, minute après minute.

Je regrette le dessin de la fumée dans le clair-obscur d'une lampe et la facilité avec laquelle je grimpais les escaliers. Les très mauvaises nuits d'asthme, plusieurs voix chantaient dans ma gorge. Maintenant ça chuinte comme un tuyau rouillé d'harmonium. Je ne peux plus que fredonner tout bas, les bonnes journées.

Mon docteur m'a promis de n'en parler à personne. Mais ma soeur le sait, je ne pouvais pas la trahir. Pauvre elle: le chagrin restera avec elle, après.

Celui que j'aime vient me voir. Il souffre de culpabilité pour ne pas m'avoir assez aimée. Maintenant nous sommes toujours trois ensemble: lui, moi et la fleur, ça gêne un peu l'intimité. Elle me donne une trop mince revanche, je n'aurai pas le temps d'en profiter.

Et même les mots n'ont plus qu'un poids dérisoire, qu'importe l'éternité quand le présent disparaît.

*

12

POUR ENDORMIR MA MORT

Il faut du talent pour le bonheur, de la lucidité, un combat sans complaisance. Il y a un an que je m'applique au bonheur. Mais ce matin, en m'éveillant, ma mort m'apparaît.

Je la connais bien. Nous nous rencontrons régulièrement. Je n'ai qu'une seule façon de résister à ses avances: lui conter une histoire neuve et intrigante. Pas de nucléaire, de Pologne ou d'Amérique du Sud, ça elle connaît trop bien.

Alors assieds-toi près de moi, ma mort si parfumée, cale-toi dans les coussins que j'essaie encore de t'endormir.

C'est la nuit. Mon amant dort, bien enclavé dans mes bras. J'ai appris un nouveau tour de Jeanne Couteau, la sorcière. Il me faut ton sommeil profond, mon bel amour, un sommeil de mort, si je veux bien réussir mon coup. Et là-dessus je n'ai aucun doute. Ce soir, au dessert, rappelle-toi ce gâteau, cette religieuse si délicate, si aromatique, que je n'ai pas touchée. Elle cachait dans sa crême un narcotique puissant, du datura haché fin. Comme j'aime te voir manger ce que je concocte: tu y mets tant d'enthousiasme! Tu t'es assoupi très vite, sans même avoir le temps de t'interroger. Je t'ai déshabillé tout doucement, je me suis glissée, nue, le long de ton dos.

Toute la chambre attend. Les poupées aux yeux de verre ont repris leur souffle nocturne, les meubles palpitent pesamment.

Je te respire, ô l'heureuse odeur de ton corps, je touche à peine des paumes ta poitrine si satinée, je te mords un peu la nuque pour voir si tu dors vraiment, tu ne bronches pas. Avec mon genou je pousse ta jambe, tes cuisses baillent, je passe ma rotule entre tes fesses dont la forme m'émeut tant, j'effleure tes testicules et tu as beau dormir, tu bandes tranquillement. Du bout des ongles j'agace ton sexe qui me répond avec des battements, je flatte ce point si sensible entre les couilles et la queue.

Soudain je m'interromps. Dors-tu toujours? Je me soulève, te scrute. Mais ton visage est si calme, tes rides et tes soucis ont fui, le sourire du sphynx se dessine sur ta bouche. Amour, mon bel amour. Je me colle plus étroitement à toi. J'enserre tes jambes des miennes. J'étreins ton sexe des deux mains. L'enchantement se déclenche.

Le lit bascule, le gouffre s'est ouvert dessous, enlacés nous croulons dans le vide.

Nous tombons dans mon passé. Heureusement, tu dors. Les fantômes les plus récents remontent déjà vers nous, ceux que j'ai aimés et qui ne m'aimaient pas.

Celui-ci, qui me prenait pour une autre et qui se cramponnait à son obsession, nous frôle le premier. Il a conservé sa tête et son torse d'adulte, mais ses membres ont ridiculement raccourci, des jambes et des bras de bébé.

Cet autre, qui me mentait toujours, ouvre à présent une gueule gigantesque, baveuse, à l'haleine insupportable. Le troisième, les poignets maintenant soudés au sexe, se branle éternellement, la face convulsée.

Je n'ai pas peur d'eux, pauvres revenants difformes. Le troupeau derrière eux s'épaissit, spectres tordus, souffrances oubliées. Je ferme les yeux, nous poursuivons notre descente à travers cette glaire évanescente, ces gémissements glacés. Puis peu à peu je n'entends plus que le sifflement de notre chute.

Tiens, ça sent la lessive fraîche, le soleil de quatre heures et la chaude fourrure d'un chat. Les moments heureux nous entourent, petites fumées graciles et fugaces. Mais déjà elles se sont envolées au-dessus de nos têtes. Malheureusement, tu dors.

Enfin nous atterrissons sur un sol souple et rose.

Enfin nous atterrissons sur un sol souple et rose. Nous sommes arrivés, mon bel amour. Voici les limbes où ni le passé ni le présent n'ont accès.

Pour un temps indéfini, nous serons à l'abri du nucléaire, de la Pologne, de l'Amérique du Sud et de la mort.

Pour remonter à la réalité, il faudrait que tu me caresses pendant mon sommeil. Mais je ne crains rien: je ne te dirai pas le truc, et surtout je garderai les yeux bien ouverts.

*

15

ALEXIS MA PEINE

Pousse-toi, laisse-moi respirer un peu, tu empoisonnes mes heures avec tes yeux rouges, ta voix déchirée et ta peau mal guérie de grand brûlé, comment puis-je oublier celui que j'ai aimé si tu gémis sans cesse derrière moi, plus tenace que mon ombre?

Quand il m'a quittée, tu as pris toute la place, un gros plan extrême sur l'écran de mon âme, et puis peu à peu tu t'es déplacé vers le fond de la salle, parfois j'oubliais même ta présence, je ré-apprenais à déplier mes ailes. Pourquoi reviens-tu me serrer, ne t'ai-je pas assez payé mon dû de larmes? Que veux-tu encore de moi, ne t'ai-je pas offert mon coeur en éclats, mes mots blessés et assez d'ivresses pour t'étourdir, tu veux vraiment me réduire jusqu'aux cendres?

Je n'ai pas le choix dans ce combat inégal, je me soumets à toi, Alexis. Viens t'allonger près de moi, ô ma peine de coeur, je ne peux que t'aimer et tenter de te bercer à mes chants.

*

POUR ME CONSOLER J'IMAGINE QUE LES BOMBES SONT TOMBÉES

Pour me consoler, j'imagine que les bombes sont tombées. Le hasard a épargné trois mille personnes, dans le métro. J'imagine le chaos, la terreur, et très vite, l'organisation pour la survie. Le début de la grande colère des survivantes, qui va durer trois mille ans.

Instauration d'un nouvel ordre, le matriarcat absolu. Manipulations génétiques, mutations et parthénogénèses, les femmes ont créé une race nouvelle.

Les hommes ont maintenant dix bras autour du corps. Ils perdent la mémoire chaque soir, et la retrouvent le matin, ce qui les maintient en confusion et servitude. Nous les femmes conservons le savoir strictement entre nous, par télépathie. Nous avons maintenant le sang froid et les jambes liées sous de fines écailles.

Plus personne n'est remonté à la surface, d'ailleurs plus personne ne se souvient de la couleur du ciel.

Avec les siècles, notre territoire s'est beaucoup étendu, étendant ses galeries toujours plus profondément. Nous blindons à mesure avec du plomb, que les hommes burinent minutieusement à longueur de journée. On peut déterminer l'âge d'un couloir par les dessins en mosaïque sur les parois.

Au cours du premier millénaire, les femmes ont aussi élaboré dans leur laboratoire un arbre dont tous tirent subsistance. Il pousse du plafond, et ses fruits, à ras de sol, ressemblent à des grappes de verres en cristal. Chacune de ces coupes contient un liquide de couleurs et de saveurs différentes. Délices et poisons. Seules les femmes savent les reconnaître, et nous en gardons bien le secret. Un homme n'est jamais sûr de ce qu'une femme lui tend.

C'est le matin. Tu dors encore, tes dix mains te cachant le visage. Je ne sais pas ton nom, même si je t'ai déjà croisé. Tu t'éveilles, affolé comme les autres. Puis tu me vois et tu sens confusément qu'il faut que je te touche. A pleines mains je soulève tes cheveux, et la mémoire te revient. C'est comme ça tous les matins, les hommes doivent être touchés par une femme pour retrouver leur identité. Ceux qui l'oublient trop souvent deviennent fous.

Mais ce matin, toi que je ne connais pas, tu me donnes soudain l'envie de soulever l'interdit.

Si je m'associais à toi? Si nous remontions ensemble vers la lumière, la vraie? Il te reste un peu d'audace au fond des yeux, et ne t'ai-je pas vu dessiner comme des souvenirs de mots sur les dalles que tu graves?

Mais tes ancêtres ne savaient pas aimer, comment alors aurais-tu appris? Et pourquoi risquerais-je de perdre ce qui me lie à mes sœurs? Après tout, ce sont elles qui m'ont sauvé la vie.

Non, adieu donc, si je veux remonter à l'air libre, je veux y aller seule.

*

INÈS COURAGE

Et un certain soir j'ai goûté à ma solitude comme à un plat de framboises sauvages, comme à une femme connue depuis toujours.

Elle fouisse mes cheveux, je crains vaguement son bracelet d'archère, ou de fauconnière. Son parfum de tanière m'étourdit. Je monte à sa bouche, elle mange cru et ne se gêne pas pour hurler, à certaines aubes. J'enserre sa nuque fragile, un instant je souhaite la briser. Je me repends, je la câline de petits baisers pressés. Ines, toi qui ne me quittera jamais, surtout pas devant ma mort, laisse-moi m'abreuver à tes sucs aux douceurs cachées, ouvre les genoux. Je descends à ta toison amère, je tire un peu tes poils du bout des dents, tout le long de la fente, j'entends ta voix s'éveiller, là-bas, si loin. Je cajole l'ourlé asymétrique des commissures, j'y glisse les cils pour t'agacer. Des lèvres je mâche tes nymphes rougissantes, de la langue je vibre sur ta perle qui déjà éclôt avec des battements.

Du doigt je t'ouvre enfin le sexe, j'y vois au fond la horde que tu me réserves, caresses après brûlures.

*

HISTOIRE DE Q

— I —

Peut-être ainsi: il l'avait fait jouir de la main et de la langue, assez pour qu'elle semble agoniser, puis, lui s'étant à demi couché sur le sofa, elle l'aurait enfourché de dos, avec une rythmique implacable il se serait senti en elle bander plus dur encore, puis aspiré et trituré par son sexe à elle, avant qu'il ne l'agrippe aux hanches pour que le mouvement s'appuie, s'accélère, le tue. Elle se serait affalée sur lui, suante, si odorante, pour se recabrer quelques secondes plus tard, et lui tirer par la vulve une deuxième éjaculation. Puis une troisième.

Le secret de cette chimie leur échappait tous deux. Il devait partir. Mais avant qu'il ne se rhabille, elle lui aurait soufflé: tu ne m'aimes pas, je t'aime tant je t'enlève. Avec une seringue, toute prête semblait-il, elle le piqua haut sur la cuisse, là où le sang frappait encore.

Ou alors cela se serait passé ainsi: le bar s'était vidé et il avait fini par épuiser sa soif. Dehors, deux femmes l'auraient encadré et il a senti le froid des poignards entre le cuir de son blouson et l'étoffe des jeans. Elles l'auraient poussé à l'arrière d'une limou-

23

sine conduite par une silhouette. Il fut proprement dévêtu et ficelé, et pendant que l'une le masturbait sans enlever son gant, l'autre lui marquait la joue d'une longue estafilade en lui murmurant: ça, elle ne nous l'a pas demandé, c'est pour le plaisir.

— II —

D'une manière ou de l'autre, l'aboutissement était le même. Il avait été amené dans la salle de bal d'un manoir caché loin hors les limites de la ville. Par les hautes portes-fenêtres, le parfum des muguets mourait comme la vague sur le carrelage glacé.

On ne lui avait pas permis de remettre son linge. Au fond de la pièce scintillait un singulier assemblage de tuyaux et de chaînes. Le doute. L'appréhension ensuite. Ne pas montrer qu'il tressaille.

Il fut étroitement sanglé, entre les aisselles et le bas-ventre, dans un corset de fer garni d'anneaux. Puis on lui ajusta serré des bracelets d'acier aux poignets, aux coudes, aux genoux et aux chevilles. On le relia ensuite à l'échafaudage avec les chaînes.

A l'aide de poulies, il fut soulevé à quelques pouces du sol, et écartelé.

Après lui avoir baisé les paupières, celle qui l'aimait lui enserra toute la tête dans un casque de cuir qui dégageait les oreilles et les lèvres, mais bouchait les yeux.

A voix basse il demanda seulement: pourquoi les chaînes?

Elle répondit: pour oublier.

— III —

On le laissa pendant des heures. Il entendait bruire le feuillage du parc et, à intervalles irréguliers, de longs gémissements d'hommes, d'où on ne pouvait démêler la souffrance de la volupté. Parfois aussi il percevait le chuchotement d'étoffes froissées, comme si on se glissait en silence pour l'observer.

Les oiseaux se sont assoupis. Sa mère qui se meurt, ses ennuis d'argent, sa carrière incertaine, son passé? Après tout un jour à tendre l'oreille, il ne se souvient plus.

Il a faim, on fait jouer les poulies, ses mains sont amenées à la hauteur de son menton. On lui donne un bol de métal, il boit une mixture épaisse, au goût curieux. La tête lui tourne, la situation ou la boisson?

Jamais il ne s'est senti moins seul mais il s'étonne de se détacher si vite de ses soucis, de ce qu'il est.

Des pas résonnent, un claquement musical, deux paires de sandales de bois? On roule une table près de lui, il y a un clapotement d'eau dans un plat, du verre qui tinte. Des voix claires chantonnent en... japonais, il ne sait pas. Elles rient. De lui?

Quatre mains le palpent. Il est fouillé sans merci, il rougit sous son casque. Heureusement, il n'est plus personne, alors quelle importance...

Il bande comme un fou. Les mains sont si petites, presque des mains d'enfants.

Elles s'envolent. Puis on mouille ses bras, ses jambes, ses aisselles, le tour de ses mamelons, son ventre, son entre-jambes. On le savonne avec un blaireau. On le rase. Partout. Il craint la lame, un modèle ancien, mais il ne débande pas.

On l'assèche, on l'huile, jamais il ne s'est senti plus nu, plus innocent.

25

Les mains lui touchent enfin le sexe. On lui applique une graisse parfumée à l'opopanax, avec un fond sucré. Les mains, complaisantes, montent et descendent sans hâte son pénis, séparent les testicules, serrent le gland.

Puis les japonaises l'abandonnent. Les sandales de bois claquent comme le sarcasme.

Dans le silence le sexe lui brûle. La graisse! Non seulement il a perdu toute identité, mais il n'est plus qu'une verge enflammée.

— IV —

Personne ne l'a soulagé. Dans un couloir du manoir s'est élevée puis éteinte une fête bruyante, entrecoupée des hurlements d'un homme.

Ce matin, toute une grappe babillante s'est amassée autour de lui. On le met face contre le sol, on lui enlève son corset. Il est suspendu par les articulations, c'est moins confortable. Un pinceau lui effleure l'épaule, puis l'omoplate, jusqu'entre les fesses.

En riant, on le saisit fermement aux membres. Il entend un ronronnement électrique, comme une fraise de dentiste.

On le tatoue pendant des heures, il ne sait plus. Au début les aiguilles étaient intenables, mais la douleur s'est endormie d'elle-même. Il a voulu crier mais il n'a plus de voix.

Il sent le dessin, une bête mythique avec des ailes. Il voudrait savoir les couleurs, il ne comprend pas que sa peau ne puisse les lire.

Plus de bourdonnement. On a fini. Elles sont encore toutes là, serrées contre lui. Une bouche touche son tatouage, de bas en haut. Il n'ose croire en sa joie, c'est celle qui l'aime, il reconnaît ses baisers. Mais cent bouches le couvrent soudain, comme le ventre d'un poulpe, toutes ces bouches qui le lèchent, le sucent, il perd la trace de celle qui l'aime.

— V —

Il n'en peut plus. Il veut uriner, déféquer. Il devrait appeler mais il n'ose. Il a honte. Son masque, son corset et ses chaînes l'ont dématérialisé si rapidement. Il veut demeurer cet ange captif. Mais bientôt les viscères lui tordent.

Il se retient. Les premiers oiseaux saluent le soleil. Les gonds grincent, on vient. On lui pétrie durement le ventre et la vessie. On le masturbe sans finesse, il ne peut plus pisser même s'il le désirait.

On roule la table, il lui semble que quelqu'unes ricanent sous cape. A-t-il discerné la fragrance un peu amère de celle qui l'aime?

On joue des poulies, il est maintenant à l'horizontale, comme une femme chez le gynécologue, les genoux pliés et écartés. Elles se rapprochent, il sent leur haleine contre ses cuisses. Plusieurs doigts de taille différentes lui asticotent l'anus, puis on y introduit un tube qui semble ne plus finir. C'est une nouvelle sensation et sous l'anonymat du casque il sourit de gêne et de plaisir.

Un liquide chaud cascade en lui, comment peut-il en absorber autant? Son corset le moule un peu douloureusement. On lui mordille les oreilles, on lui couvre les épaules d'une chaude pluie de petites caresses. Plusieurs l'ont empoigné au sexe.

On ôte le tube un peu trop brusquement, il est remis à la verticale, les genoux de chaque côté de la taille. On actionne un levier. Toute la structure qui le soutient vibre. Il ne résiste plus et lâche toute l'eau de son ventre sous les applaudissements ironiques du groupe.

Mais lui a compris qu'il évacuait en même temps tout ce qu'il se reprochait vis-à-vis de celle qui l'aime, ses lâchetés secrètes, ses demi-vérités, ses fuites... Maintenant, cette légèreté, cette délivrance, cette absolution: il se promet de s'arranger pour subir demain le même traitement.

— VI —

Le tatouage lui chauffe le dos. Sans le déferrer, on l'étend sur le carrelage. Une femme s'assoie sur sa poitrine. Elle est nue, sa vulve palpite contre son estomac. Tranquillement, elle ouvre les lèvres de son fruit, y plonge les doigts de l'autre main. Elle se branle sans hâte sur lui, ondulant de la croupe en cadence. Elle met bientôt les deux mains à l'ouvrage. elle siffle comme une nasique, elle rue sur lui, et les effluves de l'orgasme lui trempent le sternum. Elle ne s'est pas retirée que deux autres s'installent sur son ventre et se dodichent l'une l'autre. Une quatrième s'empale sur les orteils de son pied gauche. Il est assailli de femmes, de sexes de femmes qui emmitouflent son corps, y laissant chacun son jus, son râle. Aucune ne l'a essuyé, il a l'impression de se noyer dans tous ces arômes, d'être devenu le lit d'un bordel lesbien.

Les poulies chuintent, il est hissé horizontalement, il dégouline. Il entend des bruits mous, comme si on fessait une chair lourde, il songe à une sourde mélopée. Personne pourtant ne se plaint.

On l'enduit d'une substance collante et chaude, en

se servant d'une cuillère qui s'attarde entre ses cuisses, sur sa tige. On continue pourtant jusqu'à sa bouche. En tirant la langue il peut goûter. Une confiture d'abricots et de roses? Sous son casque de cuir le délire éclate, les grillons stridulent, le soleil bondit comme un capri, il chavire comme un moucheron au coeur d'une sarracénie pourpre.

Mais voici qu'on le tapisse d'une pâte souple. Un déclic: la température se réchauffe subitement. Elles l'ont transformé en un bonhomme de pain d'épice, fourré de confiture et de crême. Il attend. Il est prêt pour l'heure du thé.

— VII —

Une fontaine sanglote au loin. S'est-il évanoui? Pendant la nuit on l'a déposé sur le sol. Il a gardé son masque, mais maintenant quatre gros boulets de fonte tirent au bout des chaînes. Il peut se déplacer, mais au prix d'efforts épuisants. Il doit retrouver celle qui l'aime, si elle est encore là.

Il ouvre les chambres, écoute si on respire. Il comprend qu'il n'est pas le premier à errer ici: personne ne s'éveille lorsqu'il se penche pour flairer les corps.

L'aube tarde, le râclement du fer sur le carrelage gémit comme le chagrin.

Si elle n'y était plus? Pour la première fois il a vraiment peur, si ce n'est pour elle pourquoi ces peines?

Enfin elle est là, il prononce son nom, tout bas, elle dort, elle ne répond pas. Il s'écroule près d'elle, s'enivre de sa fragrance un peu amère.

Elle se secoue, le délivre, lui dit: pars. Il refuse. Il dit: laisse-moi mon masque et mes chaînes, ce sont les signes de l'amour.

Elle se couche alors sur lui, et commence à le dé-
vorer.

*

LA VOLEUSE

J'ai vingt-neuf ans. Je suis voleuse à la tire. Et de caresses. Beau métier où les victimes ne se plaignent jamais.

J'opère dans les centres d'achats ou le métro, surtout aux heures de pointe. Parfois à la bibliothèque municipale.

Je choisis quelqu'un, je me plaque à son dos, je lui passe une main entre les jambes, je le masturbe. De l'autre main, je le dévalise. Personne ne m'a encore résisté. Personne non plus ne s'est jamais retourné pour voir mon visage. Tant mieux pour moi.

Je prends leur argent seulement aux jolis garçons. Beau et riche, cela me semble injuste. Les fatigués, les laids, les vieux, je les branle gratuitement. Même, certains jours grisâtres, je me laisse emporter et je reviens chez moi les paumes plus chargées d'odeurs que de billets. Plus de queues que de bourses, en somme.

Certaines femmes m'ont alléchée mais je ne les touche pas. Elles ont assez affaire à leurs patrons, leurs camarades de travail, leurs voisins, tous les violeurs tapis.

Grâce à mon métier, n'empêche, je vis au chaud dans un appartement avec vue sur la montagne. Cette année, de plus, j'ai pu financer un collectif-vidéo sur le mythe de Diane et entretenir une écrivaine de ma famille, plus âgée que moi. Je lave mes crimes.

Je veux créer l'escouade des Succubes. Toute femme déçue par l'amour est acceptée sur-le-champ. Les mains rudes ne sont pas rédhibitoires. Le quota quotidien de victimes est à la rage de chacune.

Dans la première phase: invasion des lieux publics. Dans la deuxième: assaut des lieux privés. Après, le monde.

MARC-ANDRÉ, SA BLONDE ET BLANCHE

Le téléphone hulule.

(Est-ce qu'elle acceptera? J'ai pris l'appareil de ma chambre, celui qui permet d'écouter sans être entendu.)

— Blanche? C'est Jeanne.

— Salut Jeanne. Alors?

— La routine. Avant-hier, j'ai lu quelques textes à la Place aux Poètes: une ovation. Hier la L.N.I., tout en douceur et en force, comme papa dans maman. Et toi?

— J'hésite à choisir les yeux de verre pour la tête de l'orignal. A ton avis, marrons ou azurs?

— C'est mieux azur, mais pas très réaliste.

— C'est ce que je crois. Et puis?

— C'est Marc-André. Tu sais son vieux rêve, coucher avec deux femmes à la fois, ça le travaille depuis son adolescence masturbatoire, il arrête pas de m'en parler, mais les putains le font pleurer. Alors je sais pas.

— Ben moi, lundi soir je pourrais.

— Non? T'as le goût?!

— Toi? Je sais que ça me tente depuis longtemps. Tu n'es pas ma meilleure amie pour rien. Marc-André, lui, est bien conservé pour ses 54 ans. Le tennis et les haltères, quand même... Moi, comme l'autre m'a lâchée là, ça me changera de la relation de couple.

— Mais comment je vais m'habiller?

— Laisse, laisse, j'apporte des dessous de soie noire, mon vibrateur et ma poudre de Perlimpinpin. Toi, occupe-toi des bougies et des parfums. Que Marc-André nous cuisine quelque chose de féroce.

— Parfait Blanche, à lundi.

— Jeanne? Je ne veux pas de mélodrame!

— Sûr. Marc-André va être heureux.

Moi, heureux? Chanceux. Déjà je suis gâté avec Jeanne, vingt-deux ans, un petit corps musclé, une vraie blonde, la mienne. Qui m'aime. Qui m'adore. Moi aussi.

(Elle me répète qu'elle a besoin de baiser souvent pour ne pas exploser. Je m'exécute, vous pensez bien. TOUS les soirs, même malade. Et le matin aussi, la chair du matin a un autre parfum, comme embroussaillé de rêves, très grisant.)

Mais un homme a beau être comblé par la vie, il lui en faut plus.

Blanche est brune, si mince que de dos elle passe pour un jeune garçon. Le pantalon me serre juste de penser à lundi. Mais elle m'effraie un peu. D'abord elle porte toujours ses bracelets de cuir et de métal, vaguement sado-maso. Et puis elle est taxidermiste, elle manipule des cadavres d'animaux à longueur de jour, elle en parle sans arrêt, ça donne froid dans le dos. Mais Blanche a des jambes à créer une religion obscène.

On raconte qu'elle se livre à la sorcellerie. Je suis athée, je m'en fous. Il n'y a que lundi soir.

Le beurre dans la poêle: Blanche et Jeanne sont en sous-vêtements qui dessinent leur sexe, la tête me tourne, j'ai cuisiné un steak tartare à réveiller les morts, avec des huîtres et du champagne. On ne vit pas un vieux rêve toutes les nuits.

La peau de Jeanne luit à la noirceur, c'est une peau lunaire, avec le cul le plus faunesque du monde. Pourtant Jeanne se fait toute une misère à cause d'une longue cicatrice, qui va de son sein droit aux poils de sa fente. (Une mauvaise opération, inutile, quand elle avait dix ans: un charcutier.) Moi, ça m'excite comme si elle était d'une autre race, plus ouverte. Alors Jeanne ne se déshabille qu'avec peine, en gueulant à chaque fois.

Mais pas ce soir. Blanche a emmené un grand-duc empaillé, qui, toutes ailes déployées, nous surveille de son oeil d'or. Et sa fameuse poudre. J'ai cru à de la cocaïne, mais non, Blanche en a lancé quelques pincées dans les airs, par-dessus nos têtes. Tout scintille, c'est ça, ou l'armagnac. Je m'en fous, elles se donnent un french-kiss, je les masturbe, chacune sa main, Jeanne ma droite, Blanche ma gauche. Blanche orgasme en poussant des hurlements, je m'inquiète, mais Jeanne me souffle que c'est toujours comme ça avec Blanche.

Mieux que mes rêves, tout, on a tout fait. Ca tournait comme un carroussel: Jeanne et moi sur Blanche, devant et derrière, Blanche avec son vibrateur sur Jeanne, moi dedans, elles deux sur moi... Et on a recommencé, vice versa, à l'envers, la tête en bas. Avez-vous déjà senti deux bouches à la fois sur votre queue, avec chacune sa langue, son rythme, sa manière de sucer? Ca rend fou. D'ailleurs, je ne suis pas sûr, il m'a semblé que le hibou empaillé a battu des ailes, juste à ce moment-là.

Parfois on s'est interrompu, pour changer de

chambre. Jeanne nous a joué son fameux (pour les intimes) numéro de la cigarette. (Elle ne fume plus, mais par ces lèvres-là, il serait étonnant que ses poumons soient affectés.) Blanche a répliqué avec un genre de caresses qui produisaient des étincelles de couleur. Délicieux, un peu brûlant, étourdissant. Avec elles deux j'ai eu l'impression de léviter, et d'éjaculer comme à treize ans, les premières fois. Je ne suis pas certain de ne pas avoir vraiment flotté dans les airs, mais je m'en fous, il faut rêver une fois comme ça avant de mourir.

Le lendemain matin, Blanche est disparue dans un tourbillon, en laissant son oiseau, qui avait fermé les yeux.

Avec Jeanne, je l'ai croisée par la suite quelques fois, dans des réunions mondaines. Je suis le seul à discerner son arôme sulfureux. Et personne ne remarque que je m'élève dans les airs de quelques pouces.

Jeanne dit que je suis ensorcelé...

*

LES ÉTRENNES

J'ai quinze ans. Vous croyez que c'est facile? Pas du tout, surtout quand comme moi on a un feu sauvage sur la lèvre et un cadavre sur la conscience. Chaud, je l'aimais. Froid, c'est plus pesant que prévu.

Je sais juste son nom de plume: Panache Obstacle. Ca lui convenait très bien, remarquez, lui, le rebelle du *show-business*, le chantre des poubelles et du doute. J'aurais aimé connaître au moins son vrai prénom. Tant pis.

J'étais allée le voir au Forum. Rien ne manquait, c'était grandiose. Ses injures au public. Ses chansons, des directs au ventre, au coeur. Mais quand nous, les quatorze mille, on est monté sur nos sièges pour le rappel, je suis sortie.

J'ai pas eu de misère ni à trouver son *truck*, ni à le débarrer. Je me pratique depuis un mois sur les «Lada» des profs, dans le *parking* de la polyvalente. Je me suis accotée entre le cric et la caisse de *Miller* (oh... Henry) et j'ai attendu. Y avait assez de lumière pour jouer avec ma montre.

Sont arrivés huit avec lui, dont trois filles. On aurait dit qu'ils portaient sur eux tout le brouhaha de la foule comme une grande cape. Un des gars m'a demandé qu'est-ce que je foutais là. En remontant mes bas rouges jusqu'à mes *hot pants* j'ai répondu: j'ai à chanter un *blues* en cul majeur avec Panache.

Ca leur en a bouché un coin (lequel? C'est dur, c'était pas des Anglais). Une fille a ri. Puis un des mauvais compagnons lui a lancé: souviens-toi de Grégoire, Panache. Moi, je me suis pas rappelé qui c'était, mais j'ai senti que je tenais mon chat par la queue.

Je les ai suivis à travers leur nuit. Pour des proches quarante ans, sont résistants. A dix heures neuf du matin, au «Chien d'or», il restait plus que Panache, assez ébouriffé, et moi. Enfin.

J'aurais voulu qu'il m'explique son cheminement quand il écrit des vers comme: ça pue le compromis. Lui me marmottait l'historique de sa brosse à Chibougamau, en 68. J'étais même pas née, qu'est-ce que tu veux que ça me sacre? Je lui ai demandé de venir me reconduire. Dans le *truck*, il avait l'air d'avoir pas plus le goût que ça. Je lui ai dit: viens, tu vas peut-être trouver une chanson entre mes jambes.

Depuis l'été que je rêve de lui tout nu. En même temps, c'est drôle, j'ai aussi désiré une ceinture cloutée, très *punk*. Ca m'a pris vingt jours de pouce et quatre soirs su vestiaire du bowling pour me la payer. (Ma mère m'achète pas ce genre d'accessoires.) Quand je l'ai eue, ça pesait pas aussi lourd autour de ma taille que prévu. Les ceintures et les hommes, c'est pareil.

Je vais le dire cru: je l'ai mal pris qu'il se livre pas plus à moi. J'aurais aimé qu'on ait «un échange signifiant», comme ils disent au cours de morale. Panache Obstacle s'est montré assez gentil avec moi pendant l'acte. Mais j'ai bien senti qu'il avait juste pas voulu laisser passer l'occasion. Une fille de quinze ans, la silhouette un peu ambiguë, peut-être vierge (non, quand même), ça doit pas lui tomber sur le corps tous les jours. *Just a groupy, why not?*

J'ai bien mal pris ça, j'ai décidé de le tuer. L'absolu, si c'est pas tout de suite, c'est pour quand? Demain? Demain la bombe. *Now or never.*

Je peux pas dire que ç'a été très compliqué à organiser. Je soupçonnais le vicaire aumônier de se doper. Des fois ses sermons semblent baptisés à l'acide.

Pendant la période de géographie, je suis allée le voir dans son bureau. Je lui ai dit: je vous suce pour un gramme de *coke*, la semaine prochaine à la même heure, j'*haïs* la géographie, la bombe va tomber, à quoi ça sert? Il m'a répondu: à rien, je te demande pas d'avaler.

Je passe les détails. Sept jours plus tard, pendant que le prof décrivait la formation des glaciers, je perdais la foi, j'empochais la *coke* et le vicaire goûtait sûrette.

La mort-aux-rats je l'ai achetée. Heureusement c'est Réal qui m'a servie à la quincaillerie. Les autres sont tellement méprisant avec les dames. J'ai haché fin-fin deux-trois bonnes pincées du poison, puis je l'ai intimement mêlé à la *coke* du curé. (J'anticipe, mais je ne vois pas pourquoi il gravirait pas les échelons ecclésiastiques.)

Le 31 décembre, à midi, je me suis rendue au domicile de Panache. (Une fille à la polyvalente, son père joue dans des commerciaux, c'est par elle que j'ai eu l'adresse.) J'ai encore crocheté son *truck* et j'ai dissimulé à demi le sachet dans l'encoignure du siège du chauffeur. Personne m'a vue. Toute l'opération s'est déroulée en deux minutes quarante-sept secondes, j'ai chronométré avec ma montre. Il y a aussi un jeu électronique sur ma montre, avec deux niveaux de difficultés. C'est amusant en attendant l'autobus.

A treize heures douze, Panache, seul, me découvre couchée en boule à côté des freins. C'a pas l'air de tellement lui plaire, mais d'un doigt mutin je lui pointe le petit bout de plastique qui dépasse. Je lui dit: un peu d'enfer, Panache? Et lui, qui laisse jamais passer une occasion, a semblé se lisser d'un coup. Je lui offre de la préparer, justement j'ai tout ce qu'il faut dans mon sac de nylon fuschia.

Je coupe et je recoupe, c'est plus excitant qu'un jeu de cartes, j'aligne deux *track*, les plus grosses et les plus longues possible. Ca prend du temps. Il remarque mes gants verts gueulant. Je dis: je suis frileuse, mais c'est surtout à cause des empreintes. Il trouve ça drôle. Moi aussi.

Galant, il m'offre la première *sniffe*. Je refuse: merci, pas pour moi, je suis en pleine croissance, vive moi. C'a l'a un peu inquiété, un éclair dans ses beaux yeux, mais ça l'a pas empêché de caler les deux rails poudreux en expert.

C'a pris onze parties sur ma montre avant qu'il arrête de se tordre. J'ai pensé l'assommer à un moment donné, mais je me laisse pas distraire: quand je joue avec ma montre, c'est amusant, on attend l'autobus, il finit toujours par arriver.

J'ai tassé Obstacle sous une couverte. Je suis sortie du *truck*. Par la fenêtre j'ai tiré mes gants vert hurlant sur le siège du chauffeur. Je peux pas m'empêcher de laisser une signature.

Mes étrennes cette année c'était les gros titres du *Journal de Montréal* et de *La Presse*. Juste un entre-filet dans *Le Devoir*. La première page de l'*Echo des Vedettes*. «MEURTRE OU SUICIDE?» Même

Bernard Derome en a parlé.

La police piétine. J'espère qu'elle se gélera pas les pieds: l'hiver promet de durer.

Mon feu sauvage est presque guéri. J'ai hâte que les vacances de Noël se terminent pour aller raconter celle-là à Claire. Elle, elle s'arrange toujours pour m'en conter une meilleure après.

Je regrette juste de pas l'avoir empaillé. Ma professeure d'arts plastiques va être très très déçue.

*

LE CHAGRIN

Avant

— J'aimerais m'appeler Ruth. J'aurais quarante-deux ans. Aujourd'hui, le 15 avril, à la fois la fête de l'Indépendance et mon anniversaire, on m'aurait offert une poupée Jumeau, absolument splendide, de 48 centimètres de haut, avec de vrais cheveux, blond vénitien, et un trousseau complet. Je l'aurais placée dans ma bibliothèque, entre L'Oscar et le Hector.

— Un Oscar? Mais pourquoi?

— Pour le meilleur film étranger, «Les corps sauvages», que j'aurais réalisé huit ans auparavant. Un petit budget, mais un traitement innovateur et lyrique... Le Hector, reçu à mes quarante ans, couronnerait *Witches' tricks*, mon troisième recueil. Mais il demeure que ce sont d'infâmes bibelots dans mon jardin de sculptures... un autre de mes dadas, avec les poupée de porcelaine.

— Ensuite?

— Je vivrais dans une petite maison, isolée du centre-ville par une digue de sapins et de buissons. Une étrange maladie, très lente, m'obligerait à surchauffer, et les chambres embaumeraient le cuir et la serre. J'écouterais toujours du *heavy rock*, à plein volume.

43

— Moi, est-ce que je suis toujours dans le paysage?

— Non, ta carrière de compositeur t'a emmené à Londres, depuis longtemps.

— Alors, tu vis seule?

— Je vis avec un chat, Eustache IV, et une femme, Inès Courage, dont je n'ai jamais su l'âge véritable. Très riche, elle a décidé de me «protéger». Sa présence à mes côtés est constante, elle veille à mes repas et à mes comptes, corrige mes manuscrits et filtre mes visiteurs. En revanche, je subis seule mes cauchemars. Inès, avec sollicitude et discrétion, règle tous les détails de mon quotidien afin que je puisse me consacrer toute à mon oeuvre.

Je n'aime pas beaucoup Inès, mais avec les années, elle m'est devenue indispensable. Et puis elle m'aime tant, elle.

— Pourquoi ces rêves?

— Pour survivre. Et en attendant ton départ, ta fuite ou ta mort, viens près de moi, bel amant, abandonne-moi ton grand corps d'ombre, que j'invente au moins des caresses, à défaut d'univers.

Pendant

Ca y est, il est parti, il l'a abandonnée. Dans un sens, elle est soulagée. Elle vivait dans l'eau bouillante et la glace depuis des mois, puisqu'elle l'aimait et lui, non. Depuis longtemps. Par indifférence, il l'avait souvent blessée. Mais espérant toujours et se ramassant en silence, elle avait été incapable de s'enfuir.

Mais dans un sursaut, il avait vu l'étendue du malheur et il avait rompu. Elle avait cru mourir sur le coup.

Quand elle fut seule, elle relut ce qu'elle avait écrit récemment. Sa plume savait. Si elle avait refusé d'envisager vraiment sa détresse, n'avait-elle pas décrit, maintes fois, la disparition de l'homme, en se chagrinant d'avance, avant le fait vécu?

Dans le désarroi actuel, que lui restait-il? Ses bonnes amies, plus ou moins engoncées elles aussi dans le carcan de l'amour, mais dont l'amitié demeurait de diamant.

Mais ce qui la sauva fut de se lever d'entre ses larmes et d'écrire, encore. Elle n'avait pas perdu son homme de papier.

Après

Le jour de son chagrin d'amour, il pleuvait, c'était parfait. Les jours suivants aussi, il neigeait même, un mois de mai tout à fait exceptionnel. Au moins, elle sentait le climat de connivence avec elle. Elle se mit à marcher pendant des heures, du *heavy rock* dans son Walkman, luttant contre les ouragans de son désespoir. Mais pour se consoler vraiment, il fallait qu'elle écrive.

Elle qui, minutieusement, avait noté son amour pour lui, et le goût de son corps, quelle histoire inventer pour se désintoxiquer? Le servir en pâture au tigre de Malaisie le plus affamé? Le noyer dans l'océan Arctique? Lui infliger, par empoisonnement, la pollakiurie?

Ce fut si simple.

D'un seul trait de plume, elle l'effaça de sa vie comme s'il n'avait jamais vécu ailleurs que sur le papier.

La nuit suivante, de larges ailes d'écailles fauves lui poussèrent, et, à l'aube, elle prit son envol, enfin.

LES MUSES CATHODIQUES

Samedi soir. Déjà cet après-midi chacun enlaçait sa chacune, ou son chacun. Moi, l'esseulée, peut-être l'exilée, je m'adonne à mon vice solitaire, je m'accroche à ma fidèle bouée: j'écris.

Te voilà pris, toi mon nouveau, Pierre Hangst. Mardi dernier, dans ce restaurant à la mode, à cette célébration de première, pourquoi as-tu pris une cigarette dans le paquet de ta blonde, et pourquoi me l'as-tu allumée avant la sienne? Tu es pris, ce soir tu es ma muse.

Ca, et le regard de conspirateur que tu m'as lancé quand je suis partie, c'est assez, je me suis vêtue de dentelles, et un peu trop légèrement, comme si je te rencontrais seule à seul pour la première fois.

Ce soir, moi, et toi seulement dans mes phrases. Peut-être me décevrais-tu si j'en savais plus, peut-être non. Déjà, sans même te connaître, je veux te capter dans le secret de ce que j'écris.

Mais sans chair et sans baiser, les muses sont évasives: au bout de quelques jours, quelques mots, tu me lasses Pierre Hangst.

La semaine suivante, samedi soir encore, j'allume mon clavier, peut-être qu'une autre muse émergera des cendres de ma vie?

Toi, Arnaud, pourquoi ces discrètes attentions, pourquoi lis-tu mes manuscrits, si tu savais comme c'est cela surtout qui me manque, un lecteur privilégié. Je te regarde jouer dans notre émission pour enfants, au troisième sous-sol de Radio-Canada, je t'imagine nu, et bandé, et dansant pour moi une danse tribale, d'une force et d'une langueur excessives. Je t'imagine dormant près de moi, les lèvres entr'ouvertes et pleines de candeur.

Je t'imagine et je me suis parfumée pour t'écrire, et j'ai peur de la réalité qui me rejoindra. Les malentendus fleurissent si facilement, peut-être que tu ne veux pas t'attacher, peut-être aimes-tu déjà ailleurs, peut-être n'avons-nous rien de commun, ni les films de Betty Davies, ni la vénération des chats, ni la volupté des framboises, rien, rien, rien. Comme d'une île de sable où je pourrais m'enliser sans me perdre, j'ai soif d'un amour absolu, et ne veux plus d'âmes frelatées. Et toi, toi, quand me prendras-tu dans tes bras?

Ici, sur mon écran, tu es ici ce soir avec moi, peut-être plus proche que tu ne le seras jamais. Tu couvres mon corps du tien, tu baises mes épaules et mes seins, si longuement que j'en perds mes souvenirs, tu frottes ton sexe près du mien, si près, je te veux, et tu m'attises encore, en souriant tu refuses encore, et pourtant ta queue vire au pourpre d'impatience. Tu fourres ta langue dans ma bouche et tu me pénètres en même temps, sans brusquerie, comme un navire glissant en sa rade. Ne bouge plus, l'espace de l'éternité nous appelle, écoutons son silence avant qu'il ne nous échappe.

Les samedis soirs je ne peux rien oublier, je n'ai

pour me tourner le coeur ni de vins, ni de vues, ni de plaisirs avec inconnu, que mes muses vertes et noires, mon refuge et ma seule joie.

*

1984, CE BAR OÙ JE NE SUIS JAMAIS ENTRÉE

Il pleut, comme d'habitude. Je souhaitais une température légèrement plus sèche pour le 31 décembre, mais non. Aujourd'hui je regrette presque la neige d'autrefois. Malgré mes efforts pour les éviter, au ras du trottoir les yeux électroniques me repèrent, et les lampadaires s'allument devant mes pas. Avec tous les fêtards sur Saint-Denis, ça m'hallucine ces ballets de lumières. Je m'en veux, je déteste le quartier de la paranoïa, mais comme il m'a donné rendez-vous au 1984, j'y vais.

Comme partout dans le coin, un gros baveux contrôle mon identité à l'entrée du bar. Au vestiaire, la fille me dévisage méchamment derrière ses cheveux en pointes vertes et oranges. C'est vachement nostalgique ici. Un ancien écran à deux dimensions diffuse une antiquité, un clip de Louise Portal, plein de fumées et de rage. (Qu'est-ce qu'elle est devenue? Je me souviens vaguement avoir entendu parler d'elle, il y a dix ans. Elle partait pour une expédition sous-marine, à la recherche de Los Angeles, une mode chez les riches.) Sur les murs jaunissent des affiches de Police, du Capitaine Harrock n'Roll, de Dioxine de Carbone, dont je ne parviens plus à me rappeler le vrai nom. Je vieillis, j'espère qu'il ne tardera pas.

51

Une seule jeune femme, toute de cuir, ondule sur la piste de danse, parmi les vieux. Nous nous régalons tous de sa rare jeunesse, mais discrètement, pour ne pas l'effaroucher.

Le serveur, les poignets cloutés, prend ma commande, du vin blanc et du libanais blond. Il m'avertit que je devrai me rendre aux toilettes, un règlement de la boîte. Ils sont à cheval sur les traditions, même périmées.

Comme il n'arrive toujours pas, je me faufile à travers la musique qui m'assourdit à coups de «beat it / beat it», je m'embarre au sous-sol derrière la porte couverte de graffitis. SEXISM CAUSES IMPOTENCE. DANCE ON THE EDGE OF A DYING WORLD. NO FUTURE. Pas gai, mais on peut souligner qu'ils ont soigné l'authenticité dans les moindres détails. Je jette mon foulard de soie sur la caméra, je n'ai jamais pu m'habituer à être filmée les culottes baissées. Je coupe aussi la TV me retransmettant l'homme qui urine dans la cabine voisine, de toute façon il est plein d'acné, faux ou non.

En tête-à-tête avec le blond bien allumé, je pense à toi, il y a trente ans. Pas fou, sinon pourquoi ici? J'avais trente ans, mon premier ordinateur, piraté évidemment, et toi, que je volais à la vie. Il n'y avait que toi, tes caresses, et les miennes sur toi pour étouffer les cris de l'apartheid en Afrique du Sud, ceux des torturés de l'Amérique du même nom et ceux de toutes les excisées. Que toi contre le ronflement des bombes à l'affût. 1984? L'enfer mou de la grisaille, les trop nombreux enfants d'Annie Lennox et de Boy Georges, bien étranglés entre le chômage et les allocations du Mal-être. Avec, en prime, comme une question en blanc, un acteur recyclé en super-star de la papauté. Heureusement que 1984, c'était toi aussi.

D'un autre côté, si je ne sors pas d'ici tout de suite, l'année 2015 risque de commencer sans toi. Je vérifie si mon col-tortue cache bien la cicatrice de mon deuxième lifting, et je remonte au (et en) 1984.

Tu n'es pas encore là, la mélancolie me prend par la taille pour grimper l'escalier. Il y a une peinture-sculpture, un pastiche de Bouguereau, un angelot greffé d'un coeur de babouin. Ca hurle en plus, on arrête pas le progrès. Ca annonce le deuxième étage, très couru.

La chair en (et au) 1984 est aussi triste que le reste, on ne sait pas qui est la plus gonflée, la poupée grandeur nature au sexe motorisé, ou la transsexuelle qui se pendra demain. Et je ne parle pas de Michel, qui s'est vendu à quatorze ans pour même pas vingt piastres. Je n'en parle pas parce que pleurer une veille de jour de l'an, ça gâche l'avenir et mon maquillage.

Je t'aimais et tu me disais qu'il fallait demeurer libre, un concept de l'époque, alors je t'écoutais et je cherchais sur le corps des autres le souvenir du tien. Je me sentais plus menacée par la fission nucléaire que par la fusion amoureuse, je me formais le caractère. Je rêvais de t'enlever. Je me perdais en contemplation devant les mêmes masques de cuir, les mêmes chaînes qu'arbore la danseuse topless, ici.

Elle termine son numéro avec un grand écart exécuté la tête en bas, remet son peignoir et me frôle en passant. On ne voit son âge, le mien, que de près. Elle fleure le parfum de Jeanne Couteau, ma compagne d'arme. La dernière fois que nous nous sommes vues, nous avions dansé et chanté pendant tout un jour. Un *party* énorme: l'humanité fêtait la disparition définitive du danger nucléaire, et la première vraie paix à la grandeur de la planète.

Mais avant cette célébration, dix-huit ans de combat: dix pour placer nos amies à la tête de la moitié des gouvernements de la terre. Puis huit de négociations autour d'une tasse de thé pour réduire la taille des pays à la grandeur des villes, et rétablir un équilibre économique Nord-Sud.

Nous les *baby-boomers*, la génération des sans espoir, nous avions compris notre force, celle de notre nombre. Notre révolution baigna seulement dans le sang de quelques machos, morts d'apoplexie. On ne monte pas un soufflé mondial sans casser quelques têtes d'oeuf. Et moi, moi, je te quittais, je te retrouvais, comme deux veines de minerai se croisant sous la terre. Je t'ai vu hier, et je ne sais pas vraiment si tu viendras ce soir. Si la politique a changé de visage, l'amour me fait toujours les mêmes grimaces.

Mais te voilà, enfin, changeons de bar et de quartier. L'Oasis, l'Eden et l'Extase n'attendent que nous pour guetter le futur, et la mort, toujours trop proche.

*

ELLE NE SAIT PAS

Elle ne sait pas. La première fois qu'elle l'a vu, il participait à une table ronde de la télévision, trois jours plus tard, elle téléphonait à quelqu'unes de ses amies; dans une ville de trois millions d'habitants, il y a toujours une femme qui sait comment rejoindre l'homme que l'on cherche; elle lui a donné rendez-vous cinq jours plus tard, il est arrivé avec quinze minutes de retard, il est plus grand et plus beau encore qu'à l'écran; ils ont parlé, lui surtout, elle a tant écrit ces derniers mois sur sa vie à elle qu'elle ne sait pas trop quoi lui dire, parfois une détresse secrète s'est dévoilée un court instant dans ses yeux à lui; elle lui a dit que peut-être il n'était qu'un paresseux ou un égoïste, il lui a répondu qu'il était probablement les deux, puis en se rendant dans un autre bar il lui a pris le bras, puis en marchant vers le restaurant, il lui a caressé la main, pendant leur souper elle posait les bonnes questions, ils ont encore changé d'endroit pour le digestif, il a choisi un bar à la mode, elle déteste les bars à la mode, elle s'y sent mal à son aise, dans un détour de la conversation, il s'est penché vers elle et l'a embrassée, oh le pulpeux de sa bouche, elle aurait aimé que le baiser ne se termine jamais, elle aurait aimé qu'il l'aime à jamais, elle aurait voulu l'hypnotiser, ou posséder un philtre d'amour, elle s'est sentie si malingre, si souffreteuse, elle l'a quitté en pensant que la vie lui échappait, le lendemain matin, elle ne pensait plus qu'à lui, elle aurait aimé qu'il lui téléphone tout de suite, elle ne sait pas, elle ne sait pas, elle a tant besoin d'être aimée, d'aimer, ce désir farouche ne lui donne aucune chance, elle croit qu'il ne la rapellera jamais, mais elle ne sait pas. Aujourd'hui cela fait quatre jours, il ne lui a pas encore téléphoné, elle se souvient lui avoir dit: j'ai fait un effort incommensurable en te rejoignant, maintenant tu dois me téléphoner, mais rien, rien, elle ne sait pas ses bras à lui autour d'elle, et les regrette tant, déjà, elle est menstruée, un flot de sang entre les cuisses, sans douleur, mais rouge comme la vérité, c'est tout cela qu'elle voudrait partager avec lui, tout ce qui ne se parle pas mais se vit, elle aimerait bien se perdre dans des rêveries érotiques où il la possède comme un, comme un... elle ne sait pas, mais elle n'en rêve pas, elle tente seulement d'imaginer son premier regard quand le matin lui ouvre les yeux, et tout ce temps de songe vague lui brûle déjà le coeur.

Elle l'a rappelé, parce qu'elle a deux invitations pour le théâtre, parce qu'elle a pensé qu'elle n'a pas le droit de le juger, parce qu'elle n'est pas certaine de ce qu'elle sent envers lui. Il est arrivé cette fois avec vingt-cinq minutes de retard, moins beau, avec un veston râpé, et mal rasé, et d'une humeur massacrante parce qu'il ne sait pas ce qu'il veut de la vie, de sa vie, il lui a lancé qu'il aimait mieux comment elle était coiffée cette fois-ci, pendant la pièce il a posé sa main sur sa cuisse à elle, mais elle n'en ressent pas le même émoi, le perçoit-elle comme s'obligeant à un geste de tendresse, elle ne sait pas vraiment, puis ensuite elle lui a offert un verre dans un club minable qu'elle affectionne parce que vers quatre heures du matin il se remplit de strip-teaseuses aussi splendides qu'épuisées, mais à cette heure-ci, le bar est vide, il lui raconte ses histoires sans que cette fois elle ne lui pose aucune question, il ne la laisse pas placer un mot, il tourne en rond dans sa vie vide de sens, elle n'éprouve que de la pitié pour lui, si beau, si désespéré, si perdu, puis devant la bouche du métro, parce qu'il n'a pas un sou, il lui a vendu un poignard pakistanais en échange d'un billet d'autobus, et il l'a embrassée comme on jette du pain aux oiseaux.

Le lendemain elle est passée vers la fin de l'après-midi chez son amie et voisine d'en haut Ada Lazuli, qui a ouvert une bouteille de vin blanc d'Italie, en riant elle lui a montré le poignard pakistanais, Ada lui a dit de s'en servir pour les légumes, elles ont parlé toute la soirée en buvant, pendant la deuxième bouteille, de rouge, Ada a mis un disque de Milva, et sous la voix rauque elles ont valsé lentement, elles se sont enlacées, elle serre Ada en l'embrassant dans le cou, et Ada lui caresse les épaules et la nuque, elle sait que depuis plus de six mois personne ne l'a prise dans ses bras, elle valse avec Ada en se pressant très fort contre elle, mais toute sa joie se nuance de sanglots, et puis le voisin d'en arrière qu'on surnomme Le Long est arrivé, il a reçu un petit héritage, il les amène toutes deux dans un café, un groupe de jazz laisse tomber ses accents comme une coulée de sucre sur son torse, comme une épée très douce entre ses cuisses, elle embrasse encore Ada qui le lui rend bien, Le Long leur offre des *Téquila Sunrise* à la file, et Ada caresse le tatouage sur son bras à elle, la tête lui tourne, Ada, Ada partons à l'instant pour la Patagonie, allons cueillir des oiseaux du paradis et nous les tresser en couronne de rires, partons respirer l'air de l'absolu, partons pour oublier tout ce qui nous étrangle à petits coups, ta carrière qui piétine, les menteurs et les faibles qui polluent nos vies, partons nous aimer sans les alcools et les drogues puisque nous serons l'une pour l'autre et l'alcool et la drogue, mais elle hésite, elle ne sait plus, et puis elle ne se demande plus si elle sait ou si elle ne sait pas, elle savoure le moment qui danse dans sa bouche, elle tient la main d'Ada, qui demain continuera de voir celui qu'elle aime.

Et elle, c'est-à-dire moi, je ne peux rien oublier. Je ne sais pas. J'aime ne pas savoir. J'apprends.

*

LES SENTIERS D'AGATHE

JUIN

Quelle lourde présomption de croire que quelques signes sur le papier épuiseraient sa peine. Nuit après nuit, mois après mois, elle dût arracher d'elle-même chacune des caresses de celui qui l'avait aimée, s'interdire de fantasmer sur son beau corps, oublier sa voix, oublier son pas.

Au gros de sa tourmente, elle fut obsédée par la pensée de le tuer. Mille fois elle appuya sur la détente et vit sa tête éclater dans le fracas de la déflagration, mille fois elle sentit le sang chaud gicler sur elle et son amour s'affaisser.

Elle ne pouvait se libérer qu'en écrivant, mais le remède perdit son efficacité et le mal la remoua. Pour ne pas accabler ses amies elle interpréta le plus grand rôle de sa carrière, le plus secret, elle se joua dégagée et souriante alors que sous le masque son âme s'affûtait. Elle découvrit les noirs bijoux de la rancune et de l'amertume et s'en orna les bras.

Plusieurs fois la mort dansa avec elle quelques pas d'un dangereux tango. Mais dans les circonstances cette présence familière l'apaisa presque.

Elle essaya même quelques amants. Inutile. Ils se

heurtèrent à ses hanches maigres qui taisaient un mystère. Le corps de celui qu'elle avait aimé s'était fossilisé en elle. Elle devint comme un îlot de roches battues par les mers, têtue, aride, insolente. Tel était donc le prix à payer pour sa passion, ce coeur de cuir clouté et son innocence bâillonnée, ligotée au fond d'un réduit.

Je me nomme Agathe, prenez garde au collier de mes jambes autour de vos cous. D'une étincelle je pourrais vous flamber au visage.

Agathe marcha du côté de l'ombre tout l'été.

JUILLET

«T'en souviens-tu? La première fois que nous nous sommes élancés chair contre chair, nous avons ri. Dans un moment aussi dangereux, cela t'avait ébloui.

«Cette nuit s'est enfuie depuis longtemps. La passion pour un autre m'a empoignée puis abandonnée. Mais toi, veux-tu rire encore avec moi? Veux-tu entrer entre mes cuisses, entre mes mots? Cela ne brisera pas nos solitudes, mais du moins resteront-elles pour quelques heures au fond d'une poche, comme un caillou. J'ai besoin de retrouver mon pelage de tigresse, et la volupté si semblable à la mort.

«Ne me demande pas de t'aimer, ma blessure est si fraîche, mais par amitié deviens ma proie pour rire, cette nuit, pour bouleverser le paysage».

A la fin d'un spectacle, elle remit ce billet à un homme connu autrefois. Il lui répondit: laisse-moi cinq minutes pour te répondre. Avant de filer.

Mais te voilà, je ne t'ai jamais vu avant, tu me charmes avec cet air penché des timides trop grands, le *blues* couvre nos voix dans le bar presque désert, le *blues* me tend vers toi, veux-tu danser un «plain», et surprise, me voilà entre tes bras, tes mains me palpent le dos comme deux aveugles au bord du vide, et éperdue, je te flaire pour deviner quel animal se terre en toi.

Le *blues* s'éteint, nous sortons en trouvant de petites coïncidences qui rapprochent nos vies, je te regarde de profil, j'ai l'impression que je vais cueillir une orchidée brûlante, je tremble un peu, vais-je te révéler le secret de mon chagrin, non, ça passe, tu as le tour de me raconter des histoires qui ont l'air vraies. Quand nous rejoindrons-nous pour raviver ce blues qui bat en moi?

Pour ne pas perdre de temps, tu m'asseois sur le cadre de ta bicyclette, nous roulons sur l'asphalte qui se balance, tu me chuchotes ton passé de contrebandier, je m'esclaffe, il est tard, la pluie a velouté les rues usées de mon quartier.

Chez moi, dans la pénombre, mes poupées observent tes caresses, d'où sais-tu la tendresse, toi l'inconnu pourquoi? Tu me ravis, je sens mes crocs repousser, mais un instant le fantôme de celui que j'ai aimé grimace derrière toi, si je touche de tout le corps il se dissout, viens dans ma chambre pour consolider l'exorcisme.

Mais pour se guérir de l'amour, la vie offre de surprenants subterfuges.

Le lendemain il est parti. Elle a attendu une semaine. Elle est retournée au spectacle. Pour lui.

Mais parfois l'inconnu d'hier se refuse et retombe ainsi dans l'anonymat. Il ne lui reste plus de celui-là que quelques poussières au bout des doigts, comme si elle avait capturé en plein vol un papillon.

Seule chez elle, elle a éteint toutes les lampes, sauf

celle pour écrire, et dans le mutisme de la nuit, elle s'est racontée les secrets du désir.

AOÛT

Soudain la vie...

Je suis attablée à une terrasse en ciment et te voilà devant moi. Je sais que tu es un camarade de Mara Loggoro, ma nouvelle amie, mais au téléphone je t'ai donné un mauvais visage, celui d'un autre.

Te voilà devant moi, tu me plais tant avec ta peau de nuit, ta tête d'activiste. Bavardons. Ne me vois-tu pas rougir parce qu'en dedans ça craquèle, ça fend et ça gonfle tant que cela en devient un peu douloureux?

Du revers de la main j'effleure ton avant-bras sur la table. Le vent me siffle aux oreilles. Toi, pourquoi peux-tu me ramener mon exil? Quel désert en toi appelle ainsi mes sources, ce goût pressant de mordre le charnu de ta bouche, de serrer mes cuisses aux tiennes, d'apprendre par le ventre ton sexe bandé?

Agathe invita chez elle le camarade de Mara Loggoro. Ils se tournèrent autour comme des boxeurs avant l'affrontement. Puis ils s'embrassèrent. Malgré son désir Agathe le congédia jusqu'au lendemain.

Ai-je pris le métro pour me rendre chez toi? Le coeur me cogne plus dur que les Rolling Stones dans mon Walkman. Je m'absorbe, j'imagine notre fille dans mon ventre. Déjà. Si jamais tu te sauves tout à l'heure après la baise, je pourrais te voler une part de toi à aimer.

Le souhait s'effiloche, je ne veux pas enfanter sous la menace du nucléaire. Même de toi. Pourquoi toi? Oublie le vin que tu me tends, suis-moi dans ta chambre, ma robe de soie a le poids des soupirs, il me tarde de la fouler aux pieds, d'opposer ma pâleur à ta peau, de te connaître par la vulve. Déjà tu remplis mes mots, laisse les caresses, emplis mon corps aussi.

Je t'enfourche, tu es si dur que ma conque s'en déconcerte, je remue les hanches sans hâte pour ne pas te perdre, délicatement tu tords le bout de mes seins, tu m'excites avec cette intuition de ce qui m'allume. Gare à toi, sourcier, tu ne me possèderas pas impunément.

Roulons, me voici sur le dos, tu m'assailles avec la régularité d'un océan sans tempête, je me résorbe autour de toi, j'éclos, mes mains d'en dedans deviennent folles. Tu viens après moi en murmurant mon nom. Sans que je vois ton visage.

La marée se retire avec ses étoiles de mer affalées, ses crevettes tremblantes, ses huîtres refermées sur leur trésor. Je m'allume une cigarette, je blague, je veux remettre ça, et te re-voilà en moi, ta hampe pas vraiment débandée, houlons mon sourcier, je te serre du sexe sur un rythme sauvage, je te sens grandir dans mes entrailles, merveille, la faille s'ouvre enfin en moi, tu as la clé de la dévastation, je pleure je salive je sue.

Sourcier, sourcier, mes mots sur toi exigent autant que mon désir de toi, ne me trahis pas, je danse sur une corde si raide, si haute, je ne voulais plus me troubler, je ne peux plus.

Trois jours plus tard, le camarade de Mara Logorro négligeait de se rendre à son rendez-vous avec Agathe. Elle prépara ses poisons.

SEPTEMBRE

Au moins elle ne frissonnait plus. Et même, de temps à autre, de brusques bouffées de chaleur la surprenaient. En riant, elle se disait que son chagrin d'amour avait maintenant sa ménopause. Il vieillissait plus vite qu'elle ne l'aurait cru. Elle fit un songe.

Je ne t'ai jamais rencontré. Tout au plus ai-je vu ta photo dans une revue littéraire. Une fois tu m'as écrit, après avoir lu mes tristes histoires. Tu apparais dans mon paysage favori. Cette rivière, avec son imposant hôtel victorien, ne vient pas me visiter très souvent.

Nous nous rencontrons près de la fontaine aux-trois-sorcières. Elles lèvent les bras au-dessus de leur tête, et une cascade d'eau bleutée jaillit de leur bouche ouverte. Parfois je crois que c'est moi qui les ai sculptées, autrefois.

Tu m'attends là. Sans doute m'as-tu suivie pour savoir ainsi que tous les matins, vers huit heures, j'aime écrire près de mes sorcières, avec du rock à plein volume dans mon Walkman.

Tu ne dis rien, tu me regardes avec tant de douceur. Tu m'offres la poupée de ta grand-mère: une petite fille du début du siècle, à l'air mélancolique. Je la prends dans mes bras, et tu disparais.

Je te retrouve dans ma chambre du Sud-Ouest, sur mon lit, nu, et tu m'attends encore.

Les corps parlent leur langage. Pourquoi pas? Je me dévêts et j'arrache en même temps les derniers lambeaux de mon passé.

Je m'étends près de toi, comme tu sens bon, un alliage de cuir et de citron. Tes cheveux clairsemés ont la finesse des soies d'ailleurs. Ta main mince se promène sur mon dos, mes épaules, ma hanche. Tu te penches vers moi, tu déposes un baiser dans le creux de mon aisselle, tu t'attardes, me broutant lentement, puis tu descends sous la courbe du sein et tu laisses une ceinture de bises autour de ma taille. Je soupire, et je me renverse sur le dos, je m'ennuyais de la volupté, tu es là et tu t'offres à moi.

Tu caresses mes jambes avec ton visage, ta barbe me chatouille, c'est bon. Tu poses les mains sur mon ventre comme sur un autel, tu écoutes le battement de mon sang, je sens ton souffle sur mon sexe. J'ouvre les jambes, tu t'agenouilles et très délicatement tu frottes mes nymphes engorgées. Du bout de la langue tu dégages mon clitoris, et tu me suces. Tes paumes me pressent, l'âme me tourne, avec ma voix de jungle je crie ma joie, la danse sacrée me secoue, mais je ne peux pas t'étreindre avec mes mains tranchantes comme des faux.

Et tu disparais à nouveau.

Elle s'éveille. Pourquoi ne l'a-t-elle jamais contacté? Par quelle magie pourrait-elle pousser cet homme hors du papier afin qu'il s'incarne dans la vie?

OCTOBRE

Elle n'aurait pas survécu sans ses amies, puis sans les amies de ses amies. Jeanne Couteau, sa voisine d'en arrière, s'était envolée chez son amant du Nord. Mara Loggoro s'était nichée chez elle, le temps de lui livrer un de ses camarades. Mara céda la place à Ada Lazuli, une autre amie de Jeanne Couteau.

Ada me donna son frère, Violon. Moi qui ne savait plus que grincer des anathèmes et me tresser des colliers de barbelés, voilà que toi, Violon, tu ne me crains pas, tu me confies le cru de ta vie, ce qui saigne encore, tu trouves le code des mots et j'abaisse les ponts-levis.

Le feu me creuse le ventre. Je me suis parfumée pour t'écrire, pour te capter avant qu'il ne soit trop tard. Demain. Plus tard. Je n'ai que mes pauvres mots pour extraire ton corps de rubis, en révéler l'eau la plus pure.

Je ne quitte plus mon lit depuis ton départ, je m'émeus à traquer ton fumet dans les replis des draps, j'évoque ta tête ronde, ta bouche au goût de pomme. Je baise avec toi, je recouvre mes branchies, j'ondule à mille mètres sous la surface de l'eau, tu nages en moi, autour de moi, et quand tu jouis tu m'offres ton visage transfiguré.

Violon, j'avais ramassé les décombres et enterré mes cadavres, et tu m'ébranles avec ta présence tranquille, ton regard inquiet. Violon je tremble de me remettre en cage entre tes bras.

Pourtant je te mange de baisers pulpeux, je te presse du torse, je te dodiche le sexe de la plante des pieds, du fond de la langue, du gras de la paume, la gauche, celle qui dans deux jours m'embaumera de toi tout-à-coup. Je chante, je te chante, je me chante avec la voix des entrailles, Violon...

Mais voilà qu'au moment où je savoure le présent avec toi ma vieille douleur m'étreint. Abruptement mon plaisir, mon désir s'effondrent, l'amertume m'emplit la bouche de son vinaigre noir. Et je te chasse, Violon, pour que tu ne connaisses pas mon corps de granit.

Assez! Assez! Dessouffle, douleur. Les torturés d'Amérique du Sud, les nègres de l'Apartheid se lamentent plus fort que toi! Même ma plume se lasse de tes petits sentiers escarpés et raboteux, douleur. Assez!

Les bombes nous menacent tous et la peine me rétrécit. Les bombes enflent au-dessus de toutes nos têtes et je me gâche au chagrin l'instant trop court de la joie. Assez, assez!

J'écris. La colère, puis le rire me brassent. La douleur se ratatine, baudruche. L'espoir comme un laser ouvre ma nuit. Derrière j'entends la rumeur du baroud pour la lumière. Me voici. Voici mes forces. Enfin.

MONTRÉAL MOITE

Une semaine avant de le rencontrer, un des plus beaux feux d'artifice éclatait au-dessus de la ville. Invitée à regarder le ciel chez deux homosexuels de ses amis, elle avait siroté son vin blanc en devisant légèrement de culture entre les deux si charmants garçons, puis, rentrée chez elle, un peu par désoeuvrement, elle s'était rasée soigneusement les poils du sexe, ne se laissant qu'une petite touffe triangulaire sur le mont de Vénus.

Elle s'était longuement masturbée, avec les mains d'abord, puis avec son vibrateur-spécialement-développé-pour-la-jouissance-clitoridienne. Ensuite, posément, elle s'était assise devant un miroir, les cuisses bien écartées, et, avec un appareil instantané muni d'un flash, elle s'était photographié la vulve. Le cliché n'était pas mal du tout, parfaitement pornographique. On ne voyait pas son visage, mais le tatouage sur son bras gauche. Elle rangea l'épreuve avec les autres du même genre, dans un album très secret qu'elle ne montrait à personne.

Une semaine plus tard, comme les poils ont recommencé à pousser, elle n'éprouve plus qu'un impérieux besoin de se gratter. Elle le rencontre dans un bar où une petite réception les réunit, avec d'autres, pour le lancement d'une émission télé. A califourchon sur un tabouret, elle remue en cadence sur la musique. Elle l'observe, lui qui la fuit, elle sait qu'il est lié à une comédienne à la voix rauque et sensuelle. Sous son ample jupe de satin elle a mis, malgré la chaleur, des jarretières et des bas de soie rose, et, à plusieurs reprises elle a relevé nonchalamment l'étoffe légère pour lui montrer ses cuisses. Elle est aussi moite que Montréal en cette nuit d'été. Elle baisse les paupières, elle coule un regard vers son bas-ventre, sur son sexe si bien moulé par le pantalon serré, elle rougit, se creuse de désir et l'imagine nu, et elle traçant à la plume son nom sur la peau. Presque rien ne lui plaît plus que cette convoitise qui s'irrite.

Enfin elle se lève, et, se hissant sur la pointe des pieds, elle lui susurre à l'oreille: viens, il faut que je te baise, je n'en peux plus. Elle sort du bar sans vérifier s'il la suit, et tourne dans la première ruelle qu'elle voit.

Il est tard, au bout d'un fil une faible ampoule diffuse sa lumière jaune et ses ombres dansantes. Elle s'est appuyée à une porte condamnée, entre deux grandes boîtes à ordures. Ca sent les fruits pourris et l'urine de chat. Elle n'a que le temps de retirer son slip rose qu'elle voit sa silhouette se profiler au bout de l'allée

Enfin il est devant elle, il ouvre les bras, il ne dit rien. Elle s'agenouille, défait sa boucle de ceinture, et du bout des dents elle descend la fermeture-éclair. Il ne porte pas de sous-vêtements, lui non plus, et bande comme s'il allait bientôt mourir, elle frotte ses joues, ses cheveux contre sa généreuse tumescence, et avec un rire de gorge elle gobe d'un coup la tige palpitante. Mais lui se penche vers elle, la saisit aux aisselles et la hausse contre lui, l'embrasse à la naissance du cou, aux coins de la bouche, sur tout le visage pendant que de la main il fouille sous sa jupe, remontant son bas de soie rose jusqu'à la jarretière, là où la peau est si soyeuse. Il lui enfonce deux doigts dans la chatte, elle dégouline et manque de défaillir, rien ne lui plaît plus que cette tendresse mêlée de brusquerie. Mais on peut les surprendre, ils se pressent maintenant, elle noue sa jambe autour de sa taille à lui, il la soutient par les fesses, et l'empale avec douceur, il la vrille, la fourbit avec passion, et elle, qui n'en peut plus bientôt de se mordre les lèvres, lâche enfin le long miaulement de la volupté.

Presque rien de tout cela n'est vrai: je ne l'écris que pour t'exciter, te séduire, pour que tu m'aimes. Et que je puisse t'aimer.

*

DANS LA NUIT LES BRUITS, LES CRIS ET LES PARFUMS

Installe-toi le mieux possible, songe à la langueur d'après l'amour, écoute. Sommes-nous chez toi, dans le désordre des draps humides? Ou chez moi, sous le chuchotement d'un dimanche pluvieux? Ou alors à l'abandon dans le sable chaud d'une lagune? Ou encore bercés par la cadence de la mer derrière les volets, à Venise, en hiver? Choisis.

Tout à l'heure, comme une apparition, comme un miracle, tu as retiré pour moi chacun de tes vêtements, avec la lenteur exquise de la beauté qui se sait désirée. Oh l'éclair de ta nuque libérant ses parfums, l'éclat de ton torse si satiné, la lumière de tes cuisses bandées. Oh le glissement si doux de mon âme quand tu te penches enfin vers moi pour un baiser.

Debout, tout ton corps contre tout le mien, tes genoux fléchis entre mes genoux, tu me donnes la fleur marine de ta bouche, oh le muet dialogue avec toi, le baiser à la fois affolé et sucré, liquide et féroce. Mais je m'impatiente. Je m'excite. Je bondis. Ton aisselle, ta hanche, la ligne d'horizon de ton dos, tout le sel de ta peau qui chauffe appelle ma bouche, ma soif. Follement j'essaie aussi d'échapper à tes mains aveugles qui au bout de moi me massent, me palpent, me pétrissent! Je ris, tu ris, laisse, laisse-moi chanter encore tout le territoire de ta chair.

Silences. Silence soudain de nos corps qui se taisent le temps d'un long regard. C'est tout de même la première fois toi et moi, toi en moi, moi en toi. Un moment, un moment à saveur d'éternité, un court moment silence. Mais en nous, entre nous toutes les tensions exigent de se déchirer, la jungle de nos ventres éclate, les proies et les fauves tapis entre nos jambes se réveillent et rugissent.

Gros plans extrêmes de ta tête qui rougit, de ton ventre qui se tend, du plus tendre de toi qui palpite, bleuit, étincelle dans la nuit chargée de sueurs et de sucs. Dans quel enchaînement, quel déchaînement ta main, ta langue et ton sexe m'ont-ils ouverte, fouaillée, explosée, implosée? Je ne me souviens plus. Je ne me souviens que de l'envers extatique de ton visage quand tu as jouis, et d'être tombée dans le plus délicieux précipice...

Voilà, pour quelques minutes tu as oublié la guerre, la bombe, la violence, et la mort toujours trop proche. Contre l'horreur n'oublie pas, n'oublie pas l'amour.

*

74

IRONS-NOUS À VENISE

Irons-nous à Venise vers notre soixantaine, toi à demi aveugle et moi un peu dure d'oreille? Nous aurions chacun notre cabine, à chaque bout du paquebot. Mais le personnel, de connivence avec les passagers, nous réserverait toujours la même table, derrière les papyrus géants, à l'ombre du piano. Nous ne nous séduirions que très tard dans la nuit, nous faufilant par les coursives pour rejoindre l'autre. Et le personnel, de connivence avec les passagers, guetterait notre passage pour déserter les couloirs.

Irons-nous à Venise? Mais nous nous y rendons déjà, quand tu t'assoupis dans mes bras. C'est maintenant plus difficile de t'endormir, tu te méfies de mes sortilèges. Mais quand tes paupières tombent, que mon sexe s'éteint peu à peu, le chat grimpe sur le lit, et nous partons pour Venise.

Nous survolons les pays et l'océan à basse altitude, je connais si bien le chemin, nous atterrissons là-bas, au Pallazio del Amore. Plus personne ne le fréquente depuis longtemps, les araignées et la poussière dessinent leurs oracles dans les moindres *raccoins*. Il pleut à Venise en novembre, il ne nous reste qu'à épuiser le jour en baisers. Puis à ouvrir chacune des chambres secrètes du château, pour en déchiffrer le thème, la muse, ou les chagrins oubliés.

Irons-nous à Venise? Il est certain que nous nous y rendrons à pied, par l'océan. Quand de ses mains froides il saisira nos chevilles, nous nous enlacerons par la hanche et continuerons d'avancer. Les baleines, les méduses nous formeront un cortège plein de nuances, de chants, et l'eau verte de Venise goûtera l'éternité.

*

Voilà, c'est moi, c'est rien: j'angoisse. Quatorze jours maintenant. Quatorze nuits maintenant. C'est rien j'angoisse: derrière moi ma mère, ma grand-mère, et mon aïeule, jusqu'à celle du Néandertal, toutes celles-là, et moi, qui crient l'amour-toujours, l'amour-jusqu'à-la-mort, comme si aujourd'hui, maintenant, nous ne pouvions toujours pas survivre sans amour, nous ne pouvions plus survivre de l'amour. C'est rien, c'est moi, j'angoisse, pourtant n'ai-je pas survécu à plus aimé que toi? Ne suis-je pas encore vivante, toujours, n'ai-je pas survécu avec toutes mes dents et à peine toutes mes griffes? Je t'aime, dis-je, que sais-je de toi, dis-je, rien rien rien. Que l'étreinte tardive, que le baiser mordu dans ta bouche, que le ciel tordu avec la mer quand je jouis, que sais-je, dis-je, de toi, rien, que sais-je de moi, rien, dis-je, c'est rien, j'angoisse. C'est rien, moi aussi j'angoisse, dis-tu. Il est là, devant elle, elle ne sait plus le nombre de jours, de nuits, après quinze elle ne sait plus compter, elle lui a enfin téléphoné, enfin parlé, elle a cru mourir tant le coeur lui cognait, et quelques heures plus tard, il est là devant elle, et jamais par-dessus un loup de mer à la moutarde de Meaux je n'ai eu envie de toucher un homme autant, jamais je n'ai eu moins faim, et plus soif, à l'amour comme à la guerre, tous les coups sont permis, toutes les retraites, voilà, c'est rien, j'ai angoissé. Voilà. Veux-tu encore? Veux-tu toujours? Jamais moins faim, jamais plus soif, jamais autant de toi, j'angoisserai, c'est moi, c'est toi, et mes mots pour toi, encore, toujours, comme si l'éternité n'avait plus de territoire que dans les mots, et d'amour que dans les miens. Pour toi, pour moi, pour nous, pour eux.

* * *

Septembre 1982
janvier 1987

TABLE

REPÈRES BIBLIOGRAPHIQUES

POUR QUE LES DIEUX S'AMUSENT BEAUCOUP... a été publiée dans *XYZ* no 11, à l'automne 1987

LA FLEUR FÉROCE a été publiée dans la revue *Arcade*, en février 1985, et dans le magazine bilingue *Herizons*, Winnipeg, en juillet 1985.

POUR ENDORMIR MA MORT a été lue le 9 octobre 1983, à l'émission «ALTERNANCES», réalisée par Raymond Fafard pour la radio de Radio-Canada. Elle a aussi été publiée dans la revue *MOEBIUS* no 19, et dans le magazine bilingue *Herizons*, Winnipeg, en avril 1985.

POUR ME CONSOLER J'IMAGINE QUE LES BOMBES SONT TOMBÉES a été lue le 9 octobre 1983 à l'émission «AL-TERNANCES», réalisée par Raymond Fafard pour la radio de Radio-Canada. Elle a également été publiée dans *La Vie en rose*, en novembre 1984, avec une illustration de Micheline Rouillard.

HISTOIRE DE Q a été publiée dans le spécial-érotisme de *La Vie en rose*, en juillet 1985, précédée d'un dossier critique.

LES ÉTRENNES a été publiée dans *Québec Rock*, en janvier 1984.

Une partie de la nouvelle LE CHAGRIN a été lue le 9 octobre 1983 à l'émission «ALTERNANCES», réalisée par Raymond Fafard, pour la radio de Radio-Canada.

1984, CE BAR OU JE NE SUIS JAMAIS ENTRÉE a été publiée dans *Le Devoir*, le 17 novembre 1984, et dans le *Canadian Women Studies / Les Cahiers de la Femme*, au printemps 1985.

ELLE NE SAIT PAS a été publiée dans *Writ 18*, Toronto 1986, sous le titre de SHE DOESN'T KNOW, dans une traduction de Luise von Flotow.

MONTRÉAL MOITE a été publiée dans *XYZ* no 8, à l'hiver 1986.

DANS LA NUIT LES BRUITS, LES CRIS ET LES PARFUMS a été créée par l'auteure dans une performance avec participation du public, au Festival de Création des Femmes, à l'Espace Go, en mars 1985, et reprise dans le cadre du Festival de Théâtre des Amériques, en mai 1987.

Achevé d'imprimer en juillet 1987
chez Ginette Nault et Daniel Beaucaire
à St-Félix de Valois, P.Q.